KB056444

새벽에 맺힌 이슬은 나의 눈물이었다

박 영 태 제 9시집

머리말

존경하고 사랑하는 세상의 친구들이여

저자는 40代 후반부터 8시집까지 천여 편의 시를 출간했건만 지금 막상 머리말을 쓰려 하니 무슨 말로 서두를 열어야 할지 빗장이 열리지 않습니다. 어느덧 세월은 저만치 흘러 이순耳順에 이르렀고 세상과 사물을 주관적 시각에서 바라봤던 때와 객관적 시각에서 바라봤던

시절도 지나, 이순耳順의 나이에 이르르니 공자孔子의 그것과는 다르겠지만 보편적인 시각으로 세상과 사랑을 나름 이해하게 된 것은 부인할 수 없는 것 같습니다만, 허도세월虛度歲月하였으니 한탄스럽고 허무할 따름입니다.

더군다나 몇 달 전 뇌봉전별雷逢電別하여 애별리고愛別離苦한 날들로 이번 시 또한 그 결을 떠나지 못해 심히 고통스러운 시간의 변명이 고스란히 이번 시집에 담겨있을 것입니다.

더군다나 코로나19란 환란까지 겹쳐 전 세계인들을 두려움과 공포 속에 떨게 하며 감염자와 사망자가 계속해서 속출하고 있어 마스크 착용과 사람 사회적 거리 두기 등을 강화하는

나라들이 많아지고, 이를 거부하며 감염을 무시하고 자유를 달라며 코로나19 이전의 일상으로 되돌려 달라는 시위가 일어나고 있는걸 보면 안타까운 맘 금힐 길 없습니다. 한 번 왔다 가는 가여운 세상 하루빨리 코로나19가 사라지고 평화롭고 아름다운 일상으로 회복되기를....

　세상도 그렇고, 인간도 그렇고, 사랑도 마찬가지, 너 나의 것이 아니고 우리 모두의 것이라는 선한 생각으로 우리가 함께한다면 분명 우리가 바라는 세상은 빨리 다가오리라 믿습니다. 개인적으로나 사회적 국제적으로 어렵고 힘든 시기에 제 시가 메마른 자들의 가슴에 감동을! 고통받는 자들의 가슴에 위안을! 사랑하는 자들에게 신의 가호가 있기를 두 손 모아 기도드립니다.

2020. 10. 가을에 홀로서서

저자 학사 박영태

차례

차례

차례

제 1 부
사랑은 어디에서 오는가

몰래한 사랑

아~ 많고 많은
수많은 별들 중
사랑 한번 해보지 않고
반짝이는 별들이 어디 있으랴
어둠 속에 눈빛으로
사랑했기에
단지 들키지 않았을 뿐

창밖을 스치는
수많은 바람 중
사랑 한번 해보지 않고
세차게 부는 바람이 어디 있으랴
보이지 않는 살갗으로
사랑했기에
단지 들키지 않았을 뿐

아 수십억의
수많은 사람 중에
사랑 한번 해보지 않고
상처받지 않은 사람이 어디 있으랴
피멍 든 가슴 숨어달래며
입술 깨문 채
단지 말하지 않았을 뿐,

귀로 歸路

너를 보내고
설움을 안고
돌아오는 길
이토록 먼가

사랑의 기억
이별의 상처
가슴이 아파
너무 아팠어

그대 그리워
못 견디도록
보고 싶으면
어떻게 할까

마음껏 울어도
잊지 못하는
사랑의 집착을.

한 사랑

가지 끝 난간欄干에
아스라한 나의 사랑
바람 따라 떠나갔네

봄은 다시 오련마는
그때 그 봄이 다시 올까
그때 그 꽃이 다시 필까.

당신이 먼저

당신이 고달프고 힘들어도
절대로 낙심은 하지 마세요

남들은 주저앉아 울지라도
거친 물살 거슬러 올라가는
저 선한 연어들을 바라보고
고개 들어 하늘을 쳐다봐요

먹구름 바람 따라 흘러가면
저 달은 어두움을 밝혀주고

별들도 반짝이며 불 밝히면
그 빛을 당신 먼저 안으소서.

청춘은 좋겠다

어두운 팔각정에
다정스레 둘이 앉아
불 밝히는 청춘아

오늘 밤 무덥지만
사랑의 에어컨이
포옹을 부추기는구나

청춘은 좋겠다

이 밤이 다하도록
노래하고 춤추고
사랑으로 이슬 맺구나

내 청춘은
이미 시들어 버렸건만
널 불태우리만큼 가슴 뜨겁다.

길 잃은 사랑

작은 물방울이 모여
스스로 길을 만들어
가장 높은 곳에서
가장 낮은 곳으로 흘러
포옹의 바다에서 만나
희망의 돛단배를 띄우건만

사람은 사랑의 길이 있는데도
낮은 곳에서 높은 곳을 찾아
주어진 인연의 끈을 끊고
물질에 사랑의 길을 바꾸고
사랑의 길을 거역하면서
길이 아닌 길을 걷는다

사랑은 물처럼
길이 없는 곳에서도
길을 만들건만
물질은 눈멀어
길이 있는 곳에서도
길을 찾지 못해 헤메이누나.

옥상에 앉아서

와이셔츠 하나 빨아
옥상 빨래 줄에 연다
바람에 흔들리는
하늘색 닮은 와이셔츠
시커먼 먹구름과
하이얀 뭉게구름
서로 뒤엉켜도
다툼 없이 평화롭다
아스라이 빌딩 난간에
곡예를 하며
애절하게 노래하는
참새의 연가戀歌
주인장이 나를 위해
깔아 주신 대나무 돗자리
저 한 켠 고추나무 주렁주렁
열매 맺어 익어가는 소리 들린다
나 그대와 단둘이
저 하늘 쳐다보고 가는 구름 따라서
새 소리 듣노라면
욕심 없는 애정이 꽃피우컷다.

저 하늘 별이 되어

동쪽에서 해가 떠서
서쪽으로 해가 지면
하루가 지나가듯이
우리도 태어나서
언젠가 죽어지면
인생은 가고 없습니다

인생도 어찌 보면
하루와도 똑같습니다

하루를 살다 보면
쾌청한 날도 있고
시커먼 날도 있고
비 오는 날도 있고
바람 부는 날도 있고
눈보라 치는 날도 있듯이

해가 지니
어둠이 휘몰아치고
병마와 사투 끝에
며칠 전 세상을 떠나버린
내 님의 그림자마저
어둠은 잔인하게
삼켜버립니다

언제나 그랬듯이
오늘도 하늘을 쳐다봅니다
북쪽 하늘에 유난히
밝은 별 하나가
초연히 나를 바라보는 밤

저 별이
아마 내 님인가 봅니다.

중년 너머 사랑

중년 너머 나이 들어 돈 없으면
어디를 가든 누굴 만나던
여자는 몰라도 남자는 왕따니
방구석에 처박혀 나가지 마라

사랑한다면서도
잔머리 굴리고 맘에 없는 말 하고
그게 무슨 사랑이라고
사랑 앞에 수식어는 필요 없는 것

이것저것 따지고 계산하며
그것도 사랑이라고 하는 남녀여
사랑은 주둥이도 대가리도 아닌
가슴으로 하는 게 사랑이라네

이제 알았으면
자질해 재지도 말고
저울에 올리지 말고
제발 있는 그대로를 사랑해다오.

사랑의 꽃

한 송이 꽃을 피우기 위해
송이마다 한恨 서리는데

한 송이 사랑의 꽃은
더욱 어찌 그냥 피겠는가

비바람 눈보라 다 맞으면서
계절마다 애원의 눈물 흘리며
웃는 날보다
우는 날이 더 많았으리

허니
핀다고 다 꽃이 아니오
운다고 다 눈물이리까.

오로지 그대뿐

내가 살고 있는 이 지구를
다 내게 준다 할지라도

내가 바라보는 저 하늘을
다 내게 준다 할지라도

세상의 온갖 부귀영화를
다 내게 준다 할지라도
난 하나도 필요 없습니다

나 살아가는 이유가 그대였는데
그대 떠나고 없는 허망한 세상에
내가 필요한 게 뭐가 있겠습니까

나 이젠 아무것도 필요 없어요
오로지 그대만
제발 다시 내게 돌려 주세요.

사랑하고 싶어요

아~ 여인이여 내게로 오세요
뜨겁고 진실한 가슴 하나만으로

제발 망설이지 마세요
아까운 시간 다 지나가요

내 사랑을 믿으세요
선한 그 사랑을

나 당신이 누구인지 모르지만
금방이라도 내 앞에 설 것 같은
아 아름다운 꽃이여 그 향기여

어서 오세요
우리 사랑해요
오로지 사랑 그것 하나만으로.

사랑의 댓가

당신이 누구를
아무리 사랑했다 할지라도
그 댓가를 바라지 마오

때로는 그대가 미워지고
사랑이 원망스럽고
후회의 눈물을 흘릴 줄 모르나

그래도
사랑에 온전히 빠져들어요
선한 마음으로 사랑을 해요
그리고 기꺼이 기다리세요

기다릴 수 있는 사랑은
세상에서 가장 큰 설레임
아름다운 마침표인 것을.

사랑은 어디에서 오는가

사랑은 어디에서 오는가

스쳐 가는 너와 나의 옷깃
불꽃 튀는 너와 나의 눈빛

천천히 다가오는 그림자
네가 흥얼거리는 노랫말

자석처럼 끌리는 내 마음
다들 잠드는 샛별처럼
풀잎 끝에 맺힌 이슬처럼
그렇게 잠시 스쳐 가는가

사랑은 어디에서 왔다가
사랑은 어디로 가버렸나

7월의 끝자락에 떨어져
8월에 다시 필 꽃이련가.

변명의 시간들이여

오늘도 돌고 돌아보는
지난날의 사랑과 이별
지난날의 가난과 질병
지난날의 후회와 자책

아직도 가슴속에 가득
채우고 있는 슬픈 과거
진즉 잊었는가 했는데
과거가 자라고 있구나

현실의 가시밭 헤치고
잃어버린 나를 찾으러
빗속을 헤메이고 있다
아~ 오지 않을 것들을

과거의 한복판에 서서
부르지 못할 이름이여
노래여 시여 사랑이여
사전에 없는 슬픈 언어여~.

다시 한번 너에게로

태어나면서 죄인이 되고
죽어가면서 용서를 비는
태어남과 죽음 사이에 있는
아 사랑하는 시간아

저 하늘 별들이 녹아내리고
저 해가 빛을 잃어갈 때까지
나 너를 기어코 사랑하리라
처음 내가 봤던 그 설렘으로.

내 가슴에 비는 내리고

오랜만에
전화를 걸어봅니다
무슨 일일까 전화를
받질 않습니다

아마도 벌써
잠이 들었나 봅니다
한 번 잠이 오면
절대 못 참는 그녀기에

그러나 요즘은
물질 때문에 힘이 들 때면
일찍 잠을 잔다는 그녀
잠잘 때가 제일 행복하다고

비가 촉촉이 내리는 이 밤
삶의 고통 때문에 일찍
잠든 것이 아니라
빗소리에 전화벨 소리를
못 들었기를 부디 소망합니다.

그대 만나러

그대가 사무치게 보고 싶다
기다림은 거대한 슬픔
사랑한다는 것도 위선이다

나 그대를 만나러 가야 한다
산 자들에게 안녕하며
비겁한 가식假飾의 눈물 거두고

지루한 기다림의 끈도 놓고
나 몰래 날아간 그곳
어둠 속 빛을 주어 날 부르네.

가슴 시린 그 사랑

너는 나의 가슴에
묻어둘 사랑
너는 나의 가슴에
심어둘 사랑
가꾸고 고이 키워
꽃피울 사랑

한숨에 날리어도
열매를 맺고
다시 또 내 앞에
피어날 사랑
나 흙이 되어도
영원할 사랑.

제 2부
눈물 고인 커피잔

나는 외로울 땐 커피가 땡긴다

난 외로울 땐 커피가 땡긴다

넌지시 카페를 바라보니
커피잔을 기울고 있는
어느 숙녀의 서글픈 눈빛
커피는 외롭고 상심할 때
마시는 거라고 나 홀로 속살거리며

난 상실한 꽃을 생각한다

뜨거운 커피를 못 마시는 나
다들 마시고
커피잔을 내려놓고
그만 가자 할 때
식어버린 커피를
홀짝거리는 나를 보고
커피 맛대가리 없이 마신다고 하지만

나는 커피를 사색한다

누구는 커피를 마시며 수다를 떨고
누구는 커피를 마시며 화해를 하고
누구는 커피를 마시며 사업을 하고
누구는 커피를 마시며 사랑하건만

나는 커피를 마시며 이별을 읽어간다.

새벽을 깨운다

자다가 깨었다가
깨었다가 자다가
몽롱한 이른 새벽
커피 한 잔 마시니
선명하게 떠오른
그녀의 하얀미소

바람 따라 왔다가
구름 따가 떠났나
내 가슴만 스치고
사라진 요정이여

암흑한 방안에서
차디찬 벽에 기대
혹독하게 보고픈
그리움을 지운다.

여백

어찌 빛이 부족하여
그늘이 되었으랴만

어찌 사랑이 부족하여
이별이 있었으리야

아 비가 내리지 않아도
바다는 바다로 남듯이

그대 없는 여백은
그리움으로 충분하다.

보름달처럼

한가위 보름달처럼
우리 그렇게
둥글게 둥글게 살 수 없을까

한가위 보름달처럼
우리 그렇게
하얗게 하얗게 살 수 없을까

한가위 보름달처럼
우리 해맑게
활~짝 웃으며 살 수 없을까

한가위 보름달처럼
어두운 곳에
빛이 되어가며 살고 싶어라.

해가 바뀌던 날
-2019. 1. 1. 새해에

새해는 밝았으나
그 나물에 그 밥

보신각 종소리는
변함은 없건만

종 치는 사람들은
해마다 바뀌우고

내 나이도 어느덧
앞자리가 바뀌는구나.

풀벌레 소리

나는 무등산 자락 중턱에 앉아
엇갈린 장단으로 노래하는
풀벌레 소리를 들어주며
모처럼 시원한 자연 바람에
감사하며 아무도 없는 컴컴한 곳
바위 위에 앉아 나를 써 내려 간다

이 깊은 산중에 소나무 틈 사이로
보이는 것은 인위적인 작품뿐
흐르는 구름을 바라보며
모두 다 덧없다 속살거린다

장미 덩굴은 벽이나 담을 타고
오르건만,
그건 오르기 위함이 아니라
정상을 넘어 내려오려 함이니

정상에 올랐으면 내려가야지
너와 나 모두 언젠가는
모든 걸 다 버리고
자연의 그곳으로 내려가지 않겠는가?

* 무등산 자락 등산로 바위에 앉아 지금 쓴 즉시입니다.

침대에 누워

일인용 접이식 침대에 누워
히이얀 천정을 바라보나니
누가 그려놓았나 네 얼굴을

정신을 차리고 일어나 보니
모두 환시幻視요 허상이로구나
나는 접이식 침대를 접는다

무던 지금 너는 바람이었나
흔들리는 내 마음의 가지들
나는 꺾이어 심연深淵에 박힌다.

철쭉에게

겨우내 숨어있다
봄바람 솔솔부니
바위틈 갈라내고
고개내민 철쭉아

핏빛으로 물들은
네모습 보자하니
살라고 살으라고
산통을 겪었구나

봄날은 지나가도
너무나 섧다마라
이별이 만남이듯
지고나면 피겠지.

일그러진 눈동자*

어느 날 그랬었던가
하이얀 눈 부릅뜨고
애 간장 끊어지도록
임을 찾아 헤매이며
불면으로 기울던 너
체념의 창문을 닫고
구겨진 실눈 틈새로
베인 눈물 애달파라.

* 초승달

잠 못 이루는 밤에

한두 번이 아니었기를
10여 년이 넘었건만
불면의 밤은 지난날의
그리움 속 깊이 파고듭니다

영원히 함께하자던
그대의 또렷한 목소리가
부메랑처럼 돌아오던 날
찬바람도 세차게 불었습니다

꿈이었노라 생각해도
밤마다 찾아드는 선명한
서쪽 하늘의 저 별들이
그대가 아닐까 쳐다봅니다

가을이 가면 겨울이 오건만은
계절이 바뀌어도 못 올 사람
나 망각의 다리를 건너면서
왜 뒤돌아보며 발길 멈추는가.

눈물 고인 커피 잔

하얀 테이블 위에
외로이 앉아있는
빠알~간 커피 잔

그 누굴 기다리다
차디찬 몸뚱이에
검은 눈물 고였나

유리 벽 위 성에에
그려 논 그 얼굴은
바람으로 지워지고

새벽이 되었건만
그 임은 오질 않고
찬 바람만이누나.

예쁜 토끼 한 마리
－교통카드

그대가 떠나기 전
나에게 준 교통카드
'버스 탈 일도 없는데
살가운 토끼가 그려져
예쁘고 귀여워서 샀다며'
한 번도 사용하지 않아서
버스 탈 때 쓰라면 준 카드

그대가 떠난 후에
버스를 탔다
오천 원이 충전돼 있었다
버스 4번 탔더니 잔액이
제로가 되었네

자정이 넘은 밤
귀여운 토끼가
눈물을 흘리고 있다
울지마라 내가 너를
버리지 않고 간직해 줄게

버스를 탈 수 없어

네 임무는 끝났지만
나는 너를 버릴 수 없어
너랑 나랑 같이 있자
오늘 밤처럼 눈을 마주치며

그대 가슴과 손길이 묻은
예쁜 교통카드 한 장
방안 스위치 위에 붙여 놓고
토끼에게 눈높이를 맞춘다.

안 되는 줄 알면서

오라 하면
오시련만
그 이름 부를 수 없어
아프게 보내드립니다

아직은 멀쩡한
운동화 한 켤레
주인을 잃고 먼지만 수북
이제 쓰레기통에 버립니다

쓸데없는 것을 버리는 일은
당연한 일인 줄 만 알았는데
그대를 버리는 배신자 같아
오늘 밤 나는
또 하나의 죄를 짊어지고
성경에 더러운 손을 얹습니다

죽을 때까지 못 잊을 사람
빌고 원하옵건대
그대 가시는 길마다
꽃신을 신고 꽃길만 걸으시길

아 인생 이리 찢어지는 상처
나에게만 남겨두고 가옵소서.

아이스크림이 먹고 싶다

쓸쓸한 밤이 오고 지독 외로움이
산더미처럼 갑자기 몰려들면
그때 나는 아이스크림이 먹고 싶다

수많은 한이 가슴을 내리치고
부글부글 끓어 뜨거워질 때면
그때 나는 아이스크림이 먹고 싶다

그대가 한없이 그리워지고
가슴이 아리게 통증이 밀려오면
그때 나는 아이스크림이 먹고 싶다.

세월의 반칙

혼돈의 벽 넘어
새해는 오건만

떠나간 내 님은
언제나 오려나

내생은 짧아지고
서산 해는 지고말고

어둠은 내려앉고
외로움 나부끼는데

무정한 세월아
내 님을 돌려다오,

사랑의 불
−노랫말 먼저 가버린 사람을 원망하며

외롭고 서러운 밤
울어봐도 소용없는
내 사랑은 어데 갔다
아~ 아~ 아~
사랑아 불을 밝혀라

한없이 보고픈 밤
불러봐도 대답 없는
그 사랑은 가고 없다
아~ 아~ 아~
님아 임아 대답 좀 하렴

손가락 걸고 걸며
비가 오던 그 봄날의
꽃들도 지고 없는데
아~ 아~ 아~
오늘 밤에 내게 와서
사랑의 불을 태워주오.

벤치에 홀로 앉아

밤바람 쐬러
아니
너무 적적해
마트에 사람 구경 갔습니다

친구끼리 연인끼리 부부끼리
다들 끼리끼리인데
아 ∼
번지수를 잘못 찾아왔나 봅니다

다들 내가 보기에는
어울리지 않는 사람들 같은데
여보 자기 서로 이름을 부르며
이것저것을 고르고 있습니다

나는 아무리 둘러봐도
사고 싶은 것도 먹고 싶은 것도
그 아무것도 보이질 않습니다

내 맘에 쏙 든 여인을 판다해도
영혼을 팔아먹는 가난한 시인이
어찌 그대를 살 수 있겠습니까

내 나이 환갑이 넘도록
변방의 방랑자요
광야의 풀 한 포기
인생이 고독인 줄 알았습니다

단 한 번만이라도 하루만이라도

맘 편한 날 없는 불행한 자였으니

아 나는 세상을 산 게 아니라
세상에 버려져 있었습니다
나는 아직도 인간이 무엇인지
사랑도 무엇인지
세상이 무엇인지 알지 못하겠습니다

그때가 다가오면
아마 난 이미 떠난 후 일일 터지요.

기다림이 없다면

기다림이 없는 세상은–
더는 인생은 아닐지라

진정 사랑하는 사람이
세상을 떠나고 없다면

슬픔까지도 무의미한
학살虐殺의 잔해일 뿐

기다림이 없는 세상은
영혼만 남은 시체놀이

쓰레기 더미에 버려진
꽃 한 다발의 악취보다
추함의 종말일 터이다.

그대 찾아

한의원에 가서 침 맞고
안과에 가서 치료받고
집에 가다 잠시 휴식 중

며칠 만에 밖에 나오니
사람들만 보아도 좋다
지구는 잘 돌고 있는구나

교도소 같은 집구석에
발길 돌려지지 않으니
나 어데서 어찌할거나

아 안타까운 시인이여
아무것도 쓰지 않으리
침묵하여 슬피 울리라

짙은 어둠 속을 거닐며
소리질러 그 사람에게
돌아오라 님아 내님아.

그대 다시 피워다오

저렇게 푸르른 벌판에
저렇게 푸르른 산야에

가을은
언제 낙엽을 뿌리우고
겨울은
언제 첫눈을 휘날리며
봄은 언제쯤 와
지난밤에 져버렸던 꽃을
다시 피게 할거나

어느 날 파르르 떨며 져버린
보고 싶은 그 꽃이여.

가래떡

늦은 저녁 식사 한 끼는
고향 냄새 물씬 풍기고
멀리 계신 엄마 그리는
유난히 내가 좋아하는
하얗고 긴 가래떡이다

얼어붙은 내 사랑처럼
냉동실에서 꺼낸 떡은
그 무엇이 그리운 걸까
언 가슴 녹자, 참 설움만
뚝뚝 흘러 흘러내린다

내가 좋아한 가래떡이.

영혼 없는 나그네

언제 아침이 왔는지
아직도 잠 못 이루는
비참한 나의 인생은
영혼을 잃은 나그네

그리울 것도 없어라
기다릴 것도 없어라
비우지 못한 내 가슴
바늘로 콕콕 찌른다.

제 3 부
슬피 우는 상사화

그런 사람 있었으면

나 홀로 외로울 때
언제든지 전화하면
받아 줄 수 있는 사람
그런 사람 하나 있었으면 참 좋겠습니다

실없는 내 한 마디도
귀담아 들어주고
웃어 줄 수 있는 사람
그런 사람 하나 있었으면 참 좋겠습니다

숟가락 하나로 충분한
맛있는 음식을
같이 먹여 줄 수 있는
그런 사람 하나 있었으면 참 좋겠습니다

식어가는 체온을
서로의 손만으로도
온기를 나눌 수 있는
그런 사람 하나 있었으면 참 좋겠습니다

목적지가 같은 사람과
한 배에 몸을 싣고
둘만의 섬으로 여행하는
그런 사람 하나 있었으면 참 좋겠습니다

아! 한 사람의 종으로 사는 그날까지
나를 버리고 순종하는
그런 사람 하나 있었으면 참 좋겠습니다

사르르 눈 감고 날아가는 그 날까지.

가을에 쓴 편지

창밖에 밀려드는 바람
차갑고 쓸쓸하니
나는 지금 발이 시롭다*

난 지금 그림을 그린다
밤새 그린 눈사람
나는 지금 손이 시롭다

나는 지금 편지를 쓴다
근데 주어가 없다
누구에게 쓰는 것일까

이름, 번지도 없는 편지
우체통에 넣지 못해
돌아온 길 발이 시롭다.

* 시리다의 전라도의 방언

어떻게 살다 갈까

하늘은 나더러
돌처럼 살라 시네
천 만년 세월가도
변치 않는 사랑으로

저 산은 나더러
나무처럼 살라 하네
고달파도 쉬어가며
정상에 오르라 시네

구름은 나더러
바람처럼 살라 하네
물질 명예 다 버리고
훨훨훨 날으라하네.

허탈虛脫한 세상

고달픈 인생사에
육신은 만신창이
물질은 간데없고
근심만 쌓이노라

하루가 지나가면
내일은 오련마는
인생은 구름이요
서산은 황혼이라.

자연의 가르침

다 하산하는 때늦은 시간
아파트 뒤 무돌길*을 걷다
잠시 벤치에 나를 내리고

길 따라 흐르는 개울물 속
청개구리 쉼 없이 울어대
적막한 고요를 깨건마는
평화로운 자연에 눈 솟는다

부질없는 것 모두 버리고
물 따라 길 따라 가고픈 맘
속세의 인연 부숴버리고.

*무돌길:무등산을 한 바퀴 돌 수 있는
각화동 저수지 앞부터 시작되는 등산로 길

횡한 놀이터

시끌벅적해야 할 놀이터에
참새 소리만 요란하고
놀이터 바닥에 누가 그랬나
멍석 위에 고추만 널려있네

천 세대가 넘는 아파트인데
어린아이들 보기는
하늘의 별 따기요
학생들이라도 보는 날은
돼지꿈 꾸는 날이다

노인들과 혼자 사는 사람들이
대부분인 우리 아파트에
젊은 남녀가 없는지라
어린 애들이 없는 게 안타까운데
뭐! '포괄적 차별금지법' 이라

개 껌 씹는 소리 하고 있네
이건 창조주의 법에도 어긋나고
동성애를 다 한다고 생각해 보자
인간은 종말을 맞이하고
개돼지들에게 지구를 맡길 것인가.

야속했던 날들이여

자꾸만 뒤돌아 보구나
지난날의 사랑과 이별
지난날의 가난과 질병
지난날의 후회와 자책

아직도 가슴속에 가득
채우고 있는 슬픈 과거
진즉 잊었는가 했는데
가슴에 자라고 있구나

현실의 가시밭 헤치고
잃어버린 나를 찾으러
빗속을 헤메이고 있다
아 오지 않을 것들이여

과거의 한복판에 서서
부르지 못할 이름이여
노래여 시여 사랑이여
사전에 없는 슬픈 언어여~.

산행

물소리 새소리 바람 소리
그리고
헐떡이는 나의 숨결이여

수많은 사람이 밟아온 길
나도 그 길 따라 걷지마는
가는 이마다 다 다른 생각

더는 고지高地가 없는 정상
저 하늘과 가장 가까운 곳
그대 이름 불러 불러본다

내려가자 그 이름 내려놓고
차 소리 사람 소리 개소리로
시끄러운 콘크리트 속에서
나 다시 내 맘을 샤워하리라.

가슴속 옹이

살 만큼 살았으나
남은 생이 얼마인고
상처와 고통뿐인
내 생애 파편들

가슴속 옹이가 돼
파낼 수는 없지만
사랑으로 덧칠해
깊숙이 숨겨 보고파.

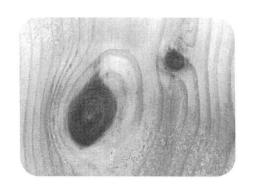

장미*에게

꽃 중의 꽃 장미야
너는 정말 아름답지
절개를 지키기 위해
너를 가시로 에워싸
가까이할 수 없지만
그 향기가 고맙구나

하필 네 이름으로
'장미' 태풍 5호가
다가오고 있구나
아름다운 장미야
태풍의 이름이 아닌
꽃의 이름으로
고요히 지나가 다오.

* 장미: 2020. 8. 10.지금 다가오고 있는 집중호우 뒤 태풍 5호의 이름

봄날은 간다

바람이 분다

피하려고도 했었고
막으려고도 했었고
맞아도 보았지만~

내 육신도 흔들리고
내 영혼도 흔들리고
송두리째 흔들려도

의지할 곳 하나 없고
피할 곳도 하나 없는
슬피 우는 상사화라

바람이 분다

뜨거웠던 그 날들도
어느덧 다 식어가고
나 이젠 봄 바람결에
휘감겨 떠나려 하오.

인생-길

더는 오를 길 없어
하산하는 내 발길
어찌하여 이토록
허무하고 덧없는고

고지도 밟았으니
세상 구경 잘했건만
신발 끈 조여 매니
시절은 황혼이라.

눈물이 난다

나도 모르게
눈물이 난다
멀어져 간다
그대와 나는

하루가 간다
일 년이 간다
외로운 날들
그리운 날들

축축한 여정
마를 날 없고
애증의 잔에
눈물 넘친다.

눈동자

금방이라도 낚아챌 것 같던
독수리 같은 살벌한 그 동공
이젠 초연해 보인다 보다
차라리 망연자실해 보인다

그 무엇이 그 빛을 앗아갔나
누구에게 그 빛을 빼앗겼나
세상이 우릴 배신한다 해도
어쩌리 인생사가 그러한걸

노여워하거나 슬퍼도 마라
괴로워하거나 낙심도 마라
떠나간 사람을 미워도 마라
우린 모두 스쳐 가는 나그네니.

노 노 (No No)

새벽 4(寅)시가
바로 저기인데
동공은 아려와도
눈은 감기지 않아

성경을 읽어봐도
善은 저 멀리에
詩 한 수 쓰려 해도
감성은 졸음이네.

가랑비는 나리던 날에

몸이 천근만근
기상은 고통이라
아침 죽도 굶고
한 잔의 커피로
넋을 차리고
두통약을 먹는다

창밖에는
가랑비가 내리고
세상에 보이는 것은
모두가 슬픔이요
눈물 그것이다

이 비가 그치고
내일이 오면
나는 짐을 꾸리고
더 외롭고
쓸쓸한 곳으로
떠나고 싶다

설이 또 찾아와도
모든 것들이
나를 짓누르며

떠나 버리는 허무
내 인생은
어제도 바람불고
오늘도 울먹이나
내일은 어쩔련고.

그대와 나

그대는 나를
진즉 잊었을지 모르지만
나는 그대를
차라리 지울 수가 없습니다

그대는 나를
추억으로 즐기고 있을지 모르지만
나는 그대를
기억으로 괴로워하고 있습니다

그대와 나는
숙명적인 만남은 아니었다 하여도
우연은 아닌 것은
하늘 아래 부인할 수 없습니다

만나고 헤어진다는 것이
죽음 이전에 더할 나위 없는
슬프고도 고통스러운 일이기에
때론 잊으려 망각을 노크합니다.

나의 운명 나의 소설

어둠을 뚫고 가는 한 여인의 뒷모습이
밀로의 비너스Venus요
가시 돋친 나무에 핀 꽃의 향기로다
도도한 걸음 잠시 멈추우고
뒤 한 번만 돌아보오 왠지 보고프오

나 지금까지 홀로 밟아 온 길이
눈물겹도록 험하고 외로웠나니
다들 운명이러거니 말하지만
소설 속에는 비운의 주인공이요
한 많은 음악 속에 가사가 내 사연이라

병들고 가난한 무의무탁無依無托 자
희로애락은 있었으나 부귀영화는 지난지라
어느 여인이 내 곁에서 동고동락 하오리까
저 높디높은 곳에서 나 혼자 빛난다고
누가 나를 별이라고 부르오리

오! 여인이여 숙명같은 나의 여인이여
슬픈 음악처럼, 소설처럼 살아 온 인생
나의 나머지 소설을 그대가 다시 써주오
힘껏 두들겨 맞아야 비난의 소리를
크게 지르는 북의 울음 그 통곡소리까지.

제 4부
별을 그리는 날에

스러져 가는 세월

성급하게 왔던 아침은
허탈한 밤의 시련으로

여기저기 핀 접시꽃도
별빛 아래 고요하여라

어둠 속에 보이지 않은
그대 아픔은 어디 됐나

가슴으로 우는 여인은
달력만 멍하니 보누나.

아직은 안돼

비 내리면
잠시
정자나무 아래
쉬어가는 너와 난 나그네

물질을 붙잡고
천만년 누릴 듯
어리석은 者야
헛되고 허무한
바람 같은 것을

화려함도 초라해지고
야위어만 가는
그대의 모습
초점 잃은 동공
금방이라도
놓을 것만 같은
너의 생명 앞에

이토록 나는
아프고 슬프구나
아직은 가지 마라
나 준비될 때까지
조금만 기다려줘.

일어나라

산중의 절간보다 고요한
병든 206호의 환자들
다들 잠에 취해있는구나

자 이제 일어나자
닫힌 창문을 활짝 열고
하얀 공기를 마셔보자

이제 새해는 왔건마는
언제까지 이대로
잠들어 있을 것인가

이상도 소망도 없는
병상에 달라붙은 시체들
첫날이 뜬다 깨어나라.

별을 그리는 날에

집에 있으면 늘 외로울 텐데
비록 환자의 앓는 소리라도
들을 수 있느니 사는 것 같고

늘 굶고 누워만 있었는데
하루 세끼 밥도 제때 나오니
굶어 죽을 일 또한 없을 것 같다

이렇게 살든 저렇게 살든
시계 초침은 내일을 읽어가고
나는 하늘에 별 하나 그린다.

역지사지 易地思之

지인인 암 환자에게 꿀에 재워
약으로 주려고 마늘 반 접을 샀다

처음엔 까진 마늘을 살려고 했는데
가격이 너무 비싸
밭에서 캐온 마늘을 사서 까기 시작했다.

이거 장난이 아니었다 너무 맵고
손톱 밑은 물집이 생겨 아리고
허나 한 사람에게 약이 된다기에
다 참을 수 있었는데
그때 까고 남은 마늘 몇 덩이
베란다에 걸려 울고 있다

그 사람은 떠나가고 없고 밖엔 비가 내린다
비 내리는 날 파라솔 밑에서
마늘 까는 백발의
허리 굽은 할머니가 갑자기 떠오른다

오늘도 비는 저렇게 뿌리는데
온종일 마늘만 까니
손톱 밑이 얼마나 아플까
하필이면 오늘도 비 내리는데

할머니는 누구를 위해
지금도 마늘을 까고 계실까.

서글픈 회갑

갑에서 시작해
갑으로 다시 돌아왔구나

돌아오는 그 길이
너무 서럽고
너무 길었어.

원하지 않았건만
가는
세월 붙잡고
그냥 따라 왔을 뿐

가난에 찌든 그녀
다 떨어진
내 잠옷 사준다기에

난 미리 선수 쳐 전화했지

누구한테
선물 받았냐고
정말? 진짜로? 하기에
나는 진짜로라고
거짓말을 했지

직장에서
점심값도 없어
굶주리는 그녀에게
내가 김밥이라도
한 줄 사줘야 할 처지인데

잠옷은 무슨 잠옷
옷도 떨어지고
돈도 떨어졌지만
난 가난을 진즉 알았기에
그녀에게 잠옷을 받으면
울어버릴 것만 같았어.

가난한 명예

돈 없는 명예는
양복에 고무신
신고 다니는 일
창피한 일이다

만나야 할 사람
가보아야 할 곳도
못 보고 못 가는
불행한 일이다

가난은 고통을
곱씹어 삼키며
되새김하면서
눈물 맺힌다.

바보 시인

구슬이 서 말이라도
꿰어야 보배라는데

아무리 명시라 해도
읽히지 않는다면
시인은 서러워 운다

나는야 오늘도
밥 얻어다가
죽 빌어먹고

영혼을 팔아먹는
불쌍한 시인이다.

미안한 마음

내가 그대에게
드릴 수 있는 것은
아주 작습니다

당신이
그토록 바라고
원하는 것에 비하면

섧지만
내 작은 것이
당신께 줄 수 있는 전부입니다

그대에게는
먼지 같고 티끌 같은
아주 미미한 것이겠지만.

내가 그대에게
드릴 수 있는 건
이것이 나의 전부입니다.

돈 없는 명예

가난한 시인으로 산다는 건
힘들고 고통스러운 일이다

이름 꽤나 알려지자
각종 출판기념회
수많은 애경사

개업식 동창회들
이런저런 모임들
일 년이면 수십 번

가난한 시인한테
어찌하란 말인가
돈 없이 갈 수 없어

이름 없는 시인
야인野人으로 살다가
조용히 떠나고파

명예인들 뭐하랴
빛 좋은 개살구
없는 게 죄로구나.

폐암 32병동에서

몸도 아프고 마음도 아프고
가진 것마저 없는 하필 나를
기대고 믿고 의지한 사람아

누가 죽음 앞에 당당하랴만
새벽이슬 맺힌 수선화처럼
오늘따라 네 눈빛 서럽구나

환자인 내가 보호자가 되니
이런 걸 보고 역지사지랄까
일어나라 차라리 내가 누워줄게

시들어가는 석양 그늘
활짝 핀 백의의 천사들이여
죽음의 정거장에 하차한 자들을
굽어살피고 꽃을 피게 하옵소서

통곡 소리로 시끄러울 만도 한데
숨소리조차도 너무 잔잔하여
소름 끼치는 폐암 병동에
행복한 산소를 소나무야 부탁한다.

컵라면

3분도 못 참아서
봉지를 뜯어내고
끓이지도 않은 채
생라면을 먹습니다

맛이 문제가 아니라
허기를 채우고
잠자리에 들어
행복한 꿈을 꾸고 싶습니다

아침에 일어나면
허무하기 그지없을
공허할 건 뻔하지만
나는 꿈이 있기에 살아갑니다.

가난한 뱃속

늘 나는 입버릇처럼
먹는 것도 사치라며
식당을 멀리해 왔다

지인이 밥 사준다기에
따라나섰는데
웬 낙지집이라 난 부담

거절도 해 보았건만
이 또한 실례 같아
내 결에 맞지 않는
낙지 전골을 먹었다

집에 돌아와서
화장실을 몇 번째 왔다 갔다
국수나 라면으로 살아왔기에
뱃속이 깜짝 놀랐나
설사가 멈추지 않는다

그래 나한테 어울리지 않는
과분한 음식이지
배설물은 다 같은데
송충이는 솔잎을 먹고 살아야 돼

뱃속에게 들켜버린 저녁 식사
뱃속아 너도 그렇게 가난하니.

당신을 알기 전에

어느 누군가를 사랑하는 것이
이토록 슬프고 고통스럽다는 걸
당신을 만나기 전에는 알지 못했습니다

손잡고 길을 걷지도 못하고
당신은 누워있어야 할 환자
그토록 반짝이던 눈동자가
시선을 잃고 희미하게 변해가도

당신은 물질이 우상이었고
내가 가난한 시인이라는 걸
그것조차도 당신을 만나고 난 후
뒤늦게 서로 알게 되었습니다

이제 일어나 깨어나십시오
꿰지 못할 구술에 미련을 버리고
세상에 뒤섞인 선악을 구분하고
창조의 새벽을 선하게 맞이하게요.

내 가슴 당신

어느덧 어김없이
밤은 찾아오고
어둠 속에 감겨오는
지겨운 외로움
당신은 외롭지 마시라요

돼지 저금통에서
꺼내 쌓아 논 동전들이
힘없이 무너져 버리고
풀 수 없는 가난의 숙제
당신은 가난치 마시라요

오늘도 김밥 한 줄로
식사를 때웠을 당신
아무것도 해줄 수 없는
내가 죽도록 미워
당신도 날 미워하시라요

당신은 나의 애한哀恨의 시
당신은 나의 간절한 노래
쓰고 또 써보고
부르고 또 불러보는
당신은 나의 가슴입니다.

길고 긴 하루

고유의 명절인 설날
떡국은커녕 이제야
컵라면 하나 먹었다

나에겐 혹독한 시간
너무 긴 하루였지만
이제 지나가는구나

이제 다시 오지 마라
이토록 긴 하루 동안
난 망각의 강을 건너

새길을 찾아 헤맨다
그 누굴 만날 때까지
길고 긴 길을 걷는다

피와 눈물 흘리면서
나는 널 찾아가리라
못다 한 사랑을 위해.

제 5부
당신이 오는 길이라면

생명의 하나님

썩은 갈대도 함부로
꺾지 마라
잠들어 있는 것들도
생명이라

돌멩이들도 함부로
차지 마라
생의 징검다리이고
길이오니

살아 숨 쉬는 것들을
사랑하라
성경 한 권을 털어도
떨어진 건
오로지 사랑뿐이니

쉬지 말고 예배하라
하나님께
선함과 믿음만으로
기도하라

세상 것은 헛되노니
사라지고
믿을 것 하나도 없는
더러운 것

하나님만 믿음이요
더한 건 없고
하나님만 생명이니
이는 영원하리.

오직 한 사람

지독한 괴로움과 외로움에 지친 사람들은
고독孤獨이야말로
세상에서 가장 큰 불행이라고 말합니다

세상을 살아가면서 가난에 찌든 사람들은
빈곤貧困이야말로
세상에서 가장 큰 불행이라고 말합니다

몹쓸 병에 걸려 죽음을 기다리는 사람들은
질병疾病이야말로
세상에서 가장 큰 불행이라고 말합니다

사랑하는 사람과 뼈아픈 이별을 한 사람은
이별離別이야말로
세상에서 가장 큰 불행이라고 말합니다

불행의 무늬도, 그 무게도, 크기도, 색깔도
각자 다르겠지만
꿈 없는 인생처럼 불행한 인생은 없습니다

세상사 모두가 부질없고 헛된 것을
마지막 그날까지 성경을 품에 안고
하나님의 약속을 품고 믿으시길 원합니다.

허무한 이탈자의 길

무엇이 나를 홀로
방안에 가두었습니까
정오를 넘은 주말은
우울한 회색빛입니다

그리운 것은 단지
그리움으로 남겨두고
상처 또한 상처로
남겨두어야겠습니다

나의 시는 외로움
허덕이는 침묵의 손길
와르르 무너지는
허무한 이탈자입니다.

십자가의 능력

오늘도 나는 가리라
주님의 인도를 받고
천 리 길 달려갑니다

내 마음 서글플 때나
세상에 환란이 와도
님 있어 두렵지 않아

주님을 부르짖으라
언약의 말씀 따라서
구원을 받으리 오니

속세에 속아왔지만
주님을 신뢰하면서
순종하며 따르리다

복 없고 죄 많은 인생
십자가 능력 믿으며
쉼 없이 기도드리며

죄 많고 불쌍한 이 몸
무릎 꿇고 회개하면
소망인들 못 이루랴,

나 너처럼 살고 싶어

나 너처럼 살고 싶어
피 흘리며
물 흘리며
눈물 흘리며

나 너처럼 살고 싶어
조건 없이
대가 없이
희생하면서

나 너처럼 살고 싶어
선하고
겸손하고
고개 숙이며

나 너처럼 살고 싶어
사랑과
믿음과
소망만으로.

더는 오를 데 없는 옥탑에서

그늘 하나 찾을 데 없는
더는 오를 데 없는 옥탑
가을바람 선선하건만
햇볕은 따갑기만 하다

저 높은 하늘을 이고서
속절없이 떠도는 구름
나도 구름 따라 어디론가
소풍 가듯 떠나고 싶다

빈익빈 부익부
유전무죄 무전유죄ー
지상의 사명 다 내려놓고
하늘의 이상 닮아 가고파.

시인의 가시밭길

이 한목숨 다 바쳐
내 갈 곳 어드메뇨
두 갈래 길 가운데
서성이는 이내 가슴
차라리 돌아설까
고뇌도 했건마는
양심과 정직만이
시인의 도린지라
펜촉에 찢기어진
여백에 새긴 맹서
시인의 가시밭길
그 누가 알아주랴.

세상의 것들이란

나는 그녀에게 말했다
금융 다단계는 하지 말라고
그러나 그녀는 고집하며
돈 다 까먹었다

왜 내 말을 안 듣느냐 하자
'내 돈으로 한 거니 상관 마라' 했다

나는 괴롭고 허탈한 밤에
그녀 곁에서
죽고 싶다고 말했다
그녀는 깜짝 놀라며 하는 말했다

'자기 곁에선 죽지 마라
내가 경찰서 끌려다닐 일 있냐고'

그래도 서로 사랑했던 사이인데
날카로운 칼날이 숨겨진 한마디
나는 여태까지 그녀에게
과연 누구였고 무엇이었을까

가슴에 대못을 박고 그 상처에
배반의 눈물이 흐르고 있다
세상이란 그런 것을
사람이란 그런 것을
뒤늦게 하늘에 나의 시선을 고정한다.

더럽고 헛된 세상

세상 것들은 언젠가는 떠나가고
우리네 인생도 언젠가 끝이 납니다

부를 누리는 자는 더 큰 부를 위해
명예 있는 자는 더 큰 명예를 위해
쾌락과 욕망을 좇아 살아가는 세상

그러나
모든 것은 모조리 사라지고 만다
흘러가는 것들은 모두 헛되나니
모두가 순간이요 무모한 갈등이라

이제부터라도 하나님 나라에 소망을 두고
영과 진리 가운데 예배드리는 聖徒들이여
세상 것들은
아무리 마셔도 목마르고 갈증이 납니다

하나님께 시선을 고정하고
그곳에 소망을 두고 예배한다면
한 잔의 물을 마셔도 갈증도 없을 거니 와
세상이 끝이 나도
지상이 아닌 森羅萬象한 그곳에서 영원히 살리니

세상은 영원한 건 없는 찰나
길 줄만 알았던 세상을 떠나는 마음들
어찌 아프고 슬프지 않겠습니다만
하나님의 나라는 영원히 행복하리.

코 고는 소리가 좋다

밤은 늘 외로움의 친구였고
고독에 그늘에 갇혔던 나는
어느 환자의 코 고는 소리에
인간의 소중함을 사뭇 느낍니다

병든 자의 고통을 내가 안고
질병의 뿌리를 완전히 캐내
뜨거운 내 심장의 불로 때워
뿌리째 불태워 날려 보냅니다

그대를 사랑하는 마음 하나
육이 아닌 영의 희생만으로
때론 고통에 흔들릴지라도
오직 그대의 생명이 되리라

그대의 향기가 방안에 돌고
그 향기만으로 행복하노니
그대의 질병을 내게 주시고
나로 하여금 치유케 하소서

아~ 지금은 고통에 못 이겨
경계를 긋고 등 돌린 여인아.

병상의 밤

수면제를 복용해도
좀처럼 잘 들지 않고
목과 혀는 타들어 가
물을 계속 마시기를

화장실만 들랑날랑
아 타는 목마름으로
그대 얼굴 그리면서
초롱초롱한 눈망울

이불을 목까지 덮고
잠을 청하려 애써도
오늘도 나 불침번 돼
성경책을 넘기노라.

홀로 가는 길
(노랫말)

세상은 바람불고 컴컴해라
누가 내 벽이 돼 막아주고
누가 내 손이 돼 잡아줄까

온다던 사람들은 어데 가고
차가~운 바람만 나부끼는
인생은 한 떨~기 낙엽이라

세상은 어둡~고 망설여라
누가 내 별이 돼 반짝이고
누가 내 해가 돼 비춰주랴

오늘도 속고 내일도 속는
배반의 장미에 피 흘리며
나 눈물 흘리며 떠나가오.

새벽의 질주

아직 방울 맺지 않은
젖은 풀잎 떨고 있는
나는 지금 새벽이다

달리는 역마차 위에
인생의 보따리 싣고
질주하는 새벽이다

풀잎에 이슬 맺히고
해맑은 아침이 오길
기도하는 새벽이다.

비와 사랑

아침은 비를 온 생명체에
공평히 뿌리시며
사랑을 골고루 나눠줍니다
온유하게—

굳게 닫힌 빈곤한 마음의
창문을 활짝 열고
모처럼 자유를 만끽합니다
풍요롭게—

우리 오늘을 사랑합시다
아이가 엄마의 젖을 빨 듯
땅은 빗물을 감사히 마십니다
평화롭게—

비는 나눔
비는 생명
비는 사랑
고귀한 마지막 보혈寶血입니다.

당신이 오는 길이라면

만약에 당신이 인생이란 무게에서
시달리고 있다면
나는 당신의 지게가 되어 드리리라

당신이 두 갈래 길에서 분별력 없이
헤매며 방황할 때
나는 당신의 나침판이 되어 주리라

언젠가는 돌아와 내 앞에 서 있을
그날을 기다리며
설운 가슴 달래면서 앙망하리라

당신 오는 꿈길을 물결이 막는다면
당신의 발 적시지 않게
내가 당신 향한 디딤돌이 되어 주리라

내가 지금 잠 못 이루며 기도하는 건
사랑하는 두 글자를
아로새기며 깃털처럼 나부낌 없도록.

제 6부
봄이라고 다들 꽃이라고 하네

하얀 가면

젤마스크를 하니
기미도 주근깨도
점하나 잡티 하나
보이질 않는구나

그렇게 내 가슴을
뛰게 했던 그 여인
길고 긴 속눈썹도
우윳빛 그 얼굴도

아 모두가 화장발

마음은 몰랐지만
외모는 알았는데
요즘에는 도무지
분간키 어려워라

나도야 오늘 밤은
하얀 가면을 쓰고
번뇌의 잡티들을
가면에 감추운다.

무효기간

점심은 건너뛰고
토스트를 만들어
먹으려고 봤더니
유효기간 지났어

유효기간 지나도
나에겐 무효이고
그따윈 사치라고
그렇게 살아왔어.

금욕 禁慾

배불리기 위해 먹지 마라
그것은 동물의 본성이다
섹스를 위해 사랑 하지 마라
쾌락의 종말은 허무하다

아부하기 위해 살지 마라
추하고 부끄럽지 않은가
인간이 짐승을 닮아가고
짐승은 밥상 위 성찬이니

세상이 어이하며 이 모양
사람이 어이하여 저 모양
친구들이여 우리는 그리
살지 말기로 약속하자.

2020. 3. 1. 삼일절에 즈음하여
−101주년 3.1 절 날

대한민국 만세 소리
울려 퍼지기를 101년 전
당당하고 우렁찬
정의의 함성
목숨 내놓았건만

코로나 19에 두툼한 마스크로
입과 코를 막아버리고
총 칼보다 무서워
두려움에 떨고 있는
한 떨기 목숨들

세월이 흐르고 흘러
천년이 지나고
만년이 지나도
그때 그 만세 소리
변할 길 있으리까.

펜의 품위

기다릴 것 하나 없다
때가 되면 올 것이고
아니 오면 또 어쩌리

믿을 것도 하니 없다
세상은 거짓투성이
이 땅에 정의는 어디

문인의 고독한 결심
펜촉을 바로 세우고
적폐와 싸우리.

나무를 심자

산에는 나무를 심어야만
푸른 숲 휴양지를 만들고
사람은 사랑을 심어야만
아기를 낳아 꿈을 만들지

산에 산에 푸른 나무들은
참사랑에 산림을 만들고
사랑에 믿음 없는 인간은
쾌락만 즐기며 벌목을 한다.

봄의 몰락

봄은 언제 와 있었느냐
꽃은 언제 또 피었느냐
아 난 아직도 겨울이다

얼어붙은 나의 가슴은
찬 바람만 불어오는데
봄은 내게도 올 것인가

차라리 봄아 오지 마라
꽃이 피지 않아도 좋다
추한 향기로 유혹 마라

화려하게 물든 세상
구석구석 다 썩어있고
너와 나 우린 껍데기다.

인심보감 人心寶鑑

당신은 지금 어디에 계십니까
가서는 아니 될 곳에서
좌불안석坐不安席하고 있지는 않습니까

당신은 누구를 만나고 계십니까
날 넘은 사람에 꾀어서
천려일실千慮一失하고 있지는 않습니까

당신은 지금 뭘 하고 계십니까
불처지한 일을 하면서
구화양비救火揚沸하고 있지는 않습니까

뜻이 너무 높고 계획이 지나치면
하늘을 보지 못하면서
땅 위의 것이 하찮아 깨닫지 못하나니.

흔들리는 정의

정의는 실없이 무너져
양심도 말없이 뒤따라
바람이 불면 부는 데로
흔들리며 살아가련다

내가 지금은 길~인지
아니면 내가 바람인지
지금 이곳이 어디인지
지금 내가 무얼 하는지

바람 부는 날 애처로이
나는 지금 어디 있는가
길 잃은 이 밤 서러워라
길가에 누워 별을 헨다.

잡초의 소원

인간의 발길과 눈길을 피해
겸손하게 길을 비켜주는
피지 못해 가슴 아파도
그 누구도 원망치 않고
구겨놓은 자존심 길섶에 숨긴다

저 건너편 꽃이 되고파도
탐욕도 욕망도 다 던지고
바람맞고 이슬 적시며
꺾이지 않고 당당히 서서
풀벌레와 함께 밤새 울먹이며
지는 날까지 한 점 부끄럼 없기를.

물난리에 빨간 원피스라

7월에 끝났다던 장마가
8월하고도 6일인데-
다음 주까지 장마라니
하늘의 설움 알겠지만
아~ 야속野俗하기도 하구나

때론 갈증에 목말라했건만
적당히 내리면 좋으련만
양동이로 퍼붓듯이
장대비가 쏟아지니
지천池川이 물바다다

세상의 더러운 것들만
다 휩쓸어 가버리지
둑을 허물어 버리고
집들도 할퀴어버리고
양민마저 휘감아 가네

기록들도 세웠으니
제발 인제 그만 그치소서
이재민들 그만 울리고
모 국회의원을 대신해
빨간 원피스를 입혀주소서

* 집중호우 물난리 와중에 국회에
짧은 빨간 원피스를 입고 등장한 류○○ 의원에 대한
비난이 쏟아지고 있다. 복장은 자유지만
그것은 때와 장소에 따라 다르다고 생각한다.

양다리

다리가 두 개지만
양다리 걸치지 마라

가랑이 찢어지고
피 본 뒤에 후회 말고

올곧은 길을 따라
홀로 간다 할지라도

정의의 길 따르면
두려움 어디 있으랴

그 누가 뭐라 해도
부끄럽지 않으리라.

봄이라고 다들 꽃이라 하네

파이란 하늘 보고
벚꽃은 싱글벙글
그 아래 파리한
동백은 울고 있다

피었다고 모두가
아름다운 것도 아니고
진다고 모두가 다
추한 것도 아니련마는

피었다고 다들 꽃이라 하네
꽃이라고 다들 웃기고 있네.

베란다에 서서

왜 나의 이상은
저 푸른 하늘처럼
높을 수가 없을까

왜 나의 눈은
저 네온사인처럼
반짝일 수 없을까

왜 내 가슴은
저 넓은 들판처럼
드넓을 수 없을까

아무리 작더라도
펼칠 수만 있으면

반짝이지 않더라도
선악을 구별하고

자그만 가슴이어도
올곧으면 그만인데

정상이 다 내 것인들
한 치 앞도 못 본 인생

등잔 밑이 어두워서
내 가슴에 나 비추니

네 것도 네 것이고
내 것도 네 것이구려.

버릇manner 없는 코로나19에게

코로나19로 유행어가 많다
'몸은 멀리 마음은 가까이'
말도 안 되는 소리
'몸이 멀어지면
마음조차 멀어지는 법'

마음은 오로지 상상뿐인
형상이 없는 갖다 붙이기 좋은 말
현관 앞에 핀 꽃도 언제 피었는지
무슨 꽃인지 알지도 못하는데
하루 열두 번 변한다는
네 마음 모를 리 없건마는

코로나19는 고약하고 잔인한
버릇없는 질병 중의 죄악이다
사랑한 사람 정 떼어 놓고
이별한 뒤 사라지려고 하나

이제 그만 떠나가라
너 잘난지 알았으니
다시는 만나지 말자
곱게 떠나가다오
매정하고 악독惡毒한 놈아.

바로 서기

세상을 살아감에 있어
나를 뒤흔드는 것이 많으나

어떤 쾌락에 물들어
더럽혀지지 아니하고
온갖 고통에 시달려도
굴복하지 아니하고
어떤 정념에도 절대
갈대가 되지 말고
정의감에 충만하여
선으로 승리하라

자신의 생각이 아무리
옳다손 치더라도
화려한 옷을 입히지 말고
자신의 임무가 끝났을 때
주저 말고 물러서라

남의 도움을 받아
바르게 서거나
타인이 너를 바르게
세우게 하지 말고
스스로 바로 서야 함이 어쩔꼬.

각화 저수지 앞에서

일제히 멈춰버린
밤바람
풀 한 포기도 미동微動 없는 밤

그래도 운동하는 사람들은
코로나19로
마스크를 썼건만
짝꿍이 있는 사람들은
사회적 거리기는커녕
두 손 꼭 잡고 더 붙어 걷고 있다

마스크는 믿어도
사람은 못 믿겠다는
불신의 시대를 부추기는 코로나

모든 종말 앞에 서 있는 우리들
참사랑으로 두려움 잊고서
날마다 기도드리며
마스크를 고쳐 쓰자.

가버린 여인에게
−악성 댓글로 떠나버린 여인에게

아름답고
향기 좋은 꽃
벌레 먹기 십상이고

이쁘고
맘 선한 사람
상처 입기 허다하다

이쁘고
아름다운 것은
질투의 대상이니

무슨 죄
있으련마는
아름다운게 죄로다

더러운
세상 버리고
하늘로 간 천사여.

이루지 못한 사랑

첫눈에 반한 사랑은
불꽃만 튀길 뿐
아무런 생각도 못 합니다

보이는 것마다 아름답고
금방이라도
불타 버릴 것 같은 가슴도

시간이 흐르면
사랑 안에 감당하기 어려운
고통이 싹트는 건

사랑에 수많은 조건들이
가시가 되고
수학 학자가 되어
덧셈 뺄셈을 하기 시작하고

불꽃 튀겼던 첫사랑은
삼류 소설도
완성하지 못한 재
사르르 눈을 감아버립니다.

제 7부
아주 멀리 떠나 보내고

우리는 꽃잎이다

세월의 무게에 눌려
깊어만 지는 팔자 주름
그 골을 타고 흐르는 건
눈물만은 아니었다

투명한 거울 앞에
나타나 서 있는 괴물
그것은 나만이 아닌
세상의 기막힌 꽃잎들

바람 불면 나뒹구는
너 나 없는 우리는 꽃잎이다.

변심

오늘도 장맛비는
그칠듯 싶더니
심술心術궂게 오락가락
청개구리 울음따라
어찌할 바 모르구나

못잊어 못 잊어서
사랑으로 다가서는
휘청이는 내 발길
이제는 돌아서라 하네

휘도는 저 바람에
풀잎에 굳게 맺힌
한 서린 유리구슬
일제히 깨어진다.

밤에 우는 여인

성급하게 왔던 아침은
허탈한 밤의 시련으로

여기저기 핀 접시꽃도
별빛 아래 고요하여라

어둠 속에 보이지 않은
그대 아픔은 어디 됐나

가슴으로 우는 여인은
달력만 멍하니 보누나.

바람 부는 날

바람이 분다

피하려고도 했었고
막으려고도 했었고
맞아도 보았지만~

내 육신도 흔들리고
내 영혼도 흔들리고
송두리째 흔들려도

의지할 곳 하나 없고
피할 곳도 하나 없는
슬피 우는 상사화라

바람이 분다

뜨거웠던 그 날들도
어느덧 다 식어가고
나 이젠 봄 바람결에
휘감겨 떠나려 하오.

새해에게
-2019. 12. 31

아~ 한 해를 보내고
새해를 맞이하기를
수십 번도 넘었건만
아쉬움은 변함없고

나이는 길어만 가고
여생은 짧아만 지는
다시는 못 올 세상아

한 해가 지나고 나면
또 다른 새해가 오겠지만
이왕 왔으니
복이나 많이 주고 가렴.

내 품에 다시 한번

나를 사랑했던 말기 암 환자
내가 끝까지 지켜주겠다던
한사람이 멀리 가고 없습니다

이제 고통 없는 세상에서
이제 죽음 없는 세상에서
못다 했던 미뤄둔 사랑을
하늘나라에서 꼭 이루시오

지금도 내 곁에 있는 것 같으나
내 눈에서 사라져 버린 님이시여
다시 한 번만 내 품에 달려오렴.

망자亡者의 시간 속에 나는 서 있다

그대는 떠나고 없지마는
나는 오늘도 그대와 함께 있습니다

내 팔에 채워진 시계가 그렇고
운동할 때 신고 다니는 신발이 그렇고
운동한 후 돌아와 화장실에 가면
컵 속에 칫솔 두 개가 나란히 서 있고
은은殷殷한 세수비누 냄새가 나를 반기며
샤워가 끝나면 그대가 남기고 간
수건이 나를 사랑으로 닦아주고
화장대 앞에 앉아 스킨로션을 바를 때면
당신은 색경 속에서 언제나 웃고 있습니다
마지막 머리까지도 그대의 빗이
노오란 내 머리를 다정스레 빗겨 줍니다

그대는 아직 떠나지 않았습니다
아니 내가 보내지 못했나 봅니다

나는 망자의 시간 속에
함께 또 밤을 맞이하고 있습니다
그대는 저 하늘 북쪽에 새로운 별 하나
나는 당신의 별 속에 별이 되어
세상을 밝히는 빛이 되어야만 하겠습니다

그대는 나의 인생과 사랑에
쇠고랑을 채워 놓았습니다
망자의 시간 속에
나를 가둬 논 감옥이라 말하지 마십시오
나는 그대 품 안에서 커다란 자유를 만끽합니다.

참았던 눈물

눈 비비고 일어나 보니
11월은 온데간데없고
한 해의 마지막 12월이
내 앞에 덩그러니 서 있네

12월 첫날 내리는 비는
떠나면서 참았던
11월의 서러운 눈물,
지금 쏟아져 내리고 있다

우지마라 우지마
다시는 돌아올 수 없는
이미 떠나버린 것들을
사랑도 인생도 그런 것을

나무들은 옷을 벗고
추위에 덜덜 떨고 있지만
간사奸邪한 인간들은
한 겹의 옷을 더 걸치고 있구나

잡을 수 없는 세월 지나면
너와 난 더러운 모든 옷
다 벗어 던지고
수의壽衣 한 벌 입고 사라질 것을

오늘도 그 날처럼
사무치게 비가 내리고 있다.

유품遺品을 정리하며

눈을 뜨자마자 내 님이
곁에 없다는 걸 느끼며
과거와 현실의 혼돈을
인정하기 너무 어렵구나

영정 사진 앞에 촛대에
불을 켜고 한숨을 쉰다
기진맥진해 녹초가 된
몸으로 유품 정리를 한다

여기저기 먹다 남은 약
외로울 때 썼던 메모장
악착같이 살려고 노력했던
인고의 핏방울 덜어진 자국

사랑하는 사람의 물건을
버린다는 것은 나를 버리는 일
내가 사준 윗옷, 바지도
라벨이 그대로 붙어있는데
마음은 손을 정지시킨다

밖에 장대비는 저리 내리고
내 눈에는 더 굵은 빗방울이
왜 같이 가자 해놓고 홀로 떠났어
아 당신은 미운 사람 참 나쁜 사람.

아주 멀리 떠나보내고

그대가 세상을 떠난 날이
오늘이 딱 한 달입니다
그동안 차마 버릴 수 없었던
그녀의 유품들을 하나하나
떠나보내는 날 비가 내립니다

쳐다보기만 해도 생각이 나고
환시에 날마다 말라가는 나에게
다들 유품을 버리라고 했지만
나는 차마 미안해서 버릴 수가 없었습니다

그러나 오늘은 그녀를 내 품에서
떼어내고 보내줘야 할 것 같아
유품 하나하나에 입맞춤하고
저 빗방울처럼 굵어지는 눈물로
마지막 작별하는 시간입니다

부디 고통 없고 아픔 없고
이별 없고 죽음 없는 천상에서
세상의 부질없었던 것 다 잊고
부활하여 세상에서 못다 누린
행복을 만끽하며 잘살고 있어
다시 만날 때까지 그때까지만 안녕.

하필이면 나에게

많고 많은 사람 중에
하필이면 왜 나에게
상처만 주고 가는가
사랑도 밑바닥인데

간다 온다 말도 없이
보이지 않는 사람아
나 다시 보고 싶어도
내 이름 지워주소서

그대의 마음속에서
행여 내가 있거들랑
마음의 빗장을 걸고
날개 밖에 나를 두오.

새해 복 많이 받으세요

흘러가는 강물은
둑을 만들어 막을 수 있고
늘어가는 주름은
보톡스를 맞으면 되건만

유수 같은 세월은
무엇으로도 막을 길 없네
내가 사는 날까지
새해를 몇 번이나 맞을까

어찌 알겠느냐
운명의 쇠사슬로 묶인 몸
난 바람 부는 날
떨어질 한 떨기 꽃잎인걸.

너를 위해서라면

보이는 네 눈동자가
들리는 네 목소리가
오늘은 슬프지 않길

너를 생각할 때마다
가진 게 없어 미안해
가슴이 적셔 흐른다

하얀 나의 두 손으로
빨간 나의 두 입술로
널 위해 기도드릴게

가난에서 해방되기를
매일매일 행복하기를
죽음에서 부활하기를

너를 위해 나를 버린다
모든 것으로부터 자유롭기를
내가 거름이 되어 너를 피우로니.

내 사랑 빗물 되어

그대가 떠난 후
나만 슬퍼 우는 줄 알았는데
하늘도 따라 슬피 웁니다

그대를 만나 처음 저녁을
먹으러 가던 날, 오늘처럼
비가 세차게 내렸습니다

이젠 아무리 세찬 비가
내린다 할지라도 그대가 없으니
내겐 우산도 필요 없습니다

비가 오든 바람이 불든
비에 흠뻑 젖으며 빗속을 거닐며
미친 듯 울고 싶습니다

그렇게 걷고 걷다 보면—
비는 언젠가 그치고 겨울 가고 봄이 오면
나 언젠가 그대와 함께
행복한 미소를 짓고 있을 테지요.

나는 몰랐습니다

그대와 손을 잡고 걸어갈 때면
나는 그땐 정말 몰랐습니다
그대 걸음이 그토록 빠르다는 것을

누가 먼저인지 모르겠지만
지금 우린 손을 놓고 걷습니다
그 사람 걸음이 빠르다는 것을
이제야 알게 되었습니다

거친 호흡을 내쉬면서
그 사람과 나란히 걷고 싶어서
내 발걸음을 재촉하지만
간격은 점점 멀어지고 맙니다

사랑의 간격도 그처럼 멀어지고
낙엽 되어 떠나갈 것만 같은 그대
쓸쓸한 가을은 나를 울리지만
눈물은 사랑의 꽃을 피우겠지요.

나 어찌 혼자 살라고

당신의 고통 소리는
나의 통곡 소리로 변하고
죽을 때도 같이 죽자던
그 약속은 어디 두고
왜 혼자 먼저 떠났습니까
나 혼자 어찌 살라고

보이는 곳마다 당신의 흔적
들리는 것마다 당신의 음성
먹다 남은 약들도 이젠 다
쓰레기통에 버립니다
당신이 좋아했던 모자와
나의 정성과 사랑도

당신이 가고 없는 지상에
마지막 홀로 남은 이 목숨은
아무런 쓸모도 의미도 없습니다

그저 당신의 위성이 되어
온종일 맴돌고 있습니다
당신 없는 삶은 차라리 죽음입니다.

새벽에 맺힌 이슬은
나의 눈물이었다

인 쇄	2020년 10월 20일	
초 판 발 행	2020년 10월 20일	
지 은 이	박영태	
펴 낸 곳	도서출판 보림에스앤피	
펴 낸 이	채연화	
출 판 등 록	제 301-2009-116호	
주 소	(우)04554 서울 중구수표로 6길 22-1(충무로3가) 보림B/D	
전 화	02-2263-4934~5	
팩 스	02-2276-1641	
전 자 우 편	wonil4934@hanmail.net	
디자인·제작	(주)보림에스앤피	
정 가	12,000원	
I S B N	978-89-98252-36-6(03800)	
후 원 계 좌	농협 302-1365-0685-91 예금주 길 심	

＊잘못된 책은 구입한 곳에서 교환하여 드립니다.